I0783095

UNE HISTOIRE DU MONDE DE
L'ARBRE DE L'ANCIENNE GRAND-MÈRE

La danse de la création

TOME 3

JOSEPH BOLTON

ILLUSTRÉ PAR NATASHA PELLEY-SMITH

Éditions Augustine's Alley

Traduit de l'anglais par Kim Lan Dô-Chastenay
Conception de la couverture et illustrations par Natasha Pelley-Smith
Mise en page: Aaxel Author Group
www.aaxelauthorgroup.com

ISBN (papier): 979-8-9853588-2-7
ISBN (ePub): 979-8-9853588-3-4

Ce livre est une œuvre de fiction. Miteouamigoukoue et le père Élisée Crey, mentionnés dans cet ouvrage, sont des personnages historiques ayant vécu au Québec au XVIIᵉ siècle. Les autres noms, personnages, événements et incidents sont issus de l'imagination de l'auteur. Toute ressemblance avec des personnes réelles, vivantes ou décédées, ou avec des événements réels, serait purement fortuite.

Nous reconnaissons l'aide financière du Leominster Massachusetts Cultural Council.

Dédié à mon petit frère Patrick Bolton, que je portais
dans mes bras quand il était bébé.

1970–2023

Introduction

« Miteouamigoukoue a vécu une vie pleine, remplie de dignité, de respect et d'amour. C'était une femme algonquine courageuse et aimante. »

—Père Elisée Crey, prêtre récollet, curé de Trois-Rivières, au Québec, en janvier 1699.

L'éloge funèbre du père Elisée Crey pour mon ancêtre algonquine Miteouamigoukoue est au cœur de la série *L'Arbre de l'ancienne grand-mère*. Clair et bref, il honore une vie marquée par la dignité, le respect, l'amour et le courage. J'avancerais même qu'il s'agit de l'éloge le plus efficace jamais écrit.

Il est remarquable qu'un prêtre canadien du 17e siècle ait écrit de si bons mots à l'occasion du décès d'une femme. C'est encore plus remarquable quand on sait que Miteouamigoukoue était une femme autochtone du 17e siècle, et non pas une femme européenne. Ses mots révèlent que Miteouamigoukoue avait surmonté une grande tragédie personnelle, qu'elle était respectée à la fois par les communautés algonquine et française, qu'elle avait fait preuve de bienveillance, de leadership, de courage et de foi, et qu'elle valorisait la dignité. Je crois aussi que Père Crey et Miteouamigoukoue étaient amis. Cette amitié jouera un rôle central dans le volume 4 à venir de la série *L'Arbre de l'ancienne grand-mère*.

Les mots du Père Crey sont un cadeau précieux pour les milliers de descendants de Miteouamigoukoue, au Canada et aux États-

i

Unis. Nous sommes également redevables à un autre descendant de Miteouamigoukoue, Normand Léveillée (1935-2019), dont les recherches ont sauvé les documents témoignant de la vie de Miteouamigoukoue de l'obscurité. Après son décès, son site Web a été fermé, mais j'ai été en mesure de récupérer la plupart de ses recherches avant qu'elles ne soient perdues à jamais, et elles sont désormais disponibles sur le site Web de *L'Arbre de l'ancienne grand-mère*.

M'immerger aussi profondément dans la vie de Miteouamigoukoue m'a amené à rencontrer les communautés algonquines au Canada, comme lorsque j'ai visité Magog en août 2022. Puis, une recherche sur Internet m'a amené à Pembroke, en Ontario, en juillet 2024, où j'ai rencontré Paul Laderoute, administrateur et délégué de la Première Nation des Algonquins de Pikwakanagan, située sur les rives du lac Golden.

À Pembroke, Paul m'a présenté à d'autres descendants de Miteouamigoukoue, puis à Joanne Haskin, directrice générale de la Fondation Mashkiwizii Manido. Elle et d'autres membres de la Fondation m'ont chaleureusement accueilli lorsque je suis retourné les visiter en novembre de la même année. C'était la première fois que je tissais des liens avec les gens et la culture de mon ancêtre.

J'aimerais remercier Paul Laderoute, Joanne Haskin, Trevor Pearce (descendant de Miteouamigoukoue), Margaret Haskin, Julianna Morin et toutes les autres personnes vivant sur le territoire ancestral non cédé des Algonquins Anishinaabe autour de Pembroke, en Ontario, pour m'avoir accueilli dans leurs familles. Je suis heureux de faire la part belle aux communautés algonquines dans ce récit, et de savoir que l'esprit de Miteouamigoukoue empreint de dignité, d'amour, de respect, de courage, de foi et de résilience est bien vivant à Pembroke.

La danse de la création est le troisième volume de la série *L'Arbre de l'ancienne grand-mère* et, comme vous le découvrirez, c'est à la fois une suite et un antépisode des volumes 1 et 2. Veuillez noter que Waaseyaa dans cette histoire est le même personnage que le Géant poilu du volume 2. Le pauvre Jacques LaRue a été totalement déconcerté par sa rencontre avec Waaseyaa et n'a jamais pris la peine de rester en sa compagnie assez longtemps pour apprendre son nom. Jacques LaRue a seulement pu décrire l'apparence de Waaseyaa aux habitants tout aussi embrouillés de Saint-Honoré, au Québec.

Si les volumes 1 et 2 ont été écrit à la manière d'un conte folklorique, ce livre-ci est conçu comme un récit mythologique de la création. L'histoire est de moi, mais je l'ai rédigée dans l'esprit et la tradition des mythologies de la création des Premières Nations et, dans une moindre mesure, en m'inspirant d'autres récits mythologiques dans le monde. Je sais que vous apprécierez ce livre et le ferez circuler autour de vous. Plus que jamais, nous avons besoin de bonnes histoires à raconter autour d'un feu de camp.

J'aimerais remercier encore une fois Alexa Nazzaro du Aaxel Author Group et notre artiste de scénarimage, Masami Kiyono qui, en plus de créer les esquisses du livre, a aussi fait de très bonnes suggestions pour l'histoire. Partout où je me rends avec les livres de *L'Arbre de l'ancienne grand-mère*, la première réaction des gens est : « Oh, quelles illustrations magnifiques! De qui sont-elles? » C'est le moment où je peux allègrement vanter les mérites de l'artiste Natasha Pelley-Smith et de ses illustrations magiques remplies de profondeur, de couleurs et de caractère. Merci, Natasha, de rester avec moi pour « juste une histoire de plus ». Emplissez-vous de ses illustrations! Natasha y a travaillé très fort.

On se revoit l'année prochaine pour le volume 4 où l'histoire remarquable de Miteouamigoukoue arrivera à une conclusion touchante et dramatique.

Joseph Bolton
Août 2025

Mont-St-Hilaire
Les Créateurs
Les frères & Sœurs
De Waaseyaa & Mikcheech
Mont-Orford
Lac Magog
Bolton Centre
Lac Memphrémagog
Mont Sutton
Mikcheech
Le Géant de Montagne Tremblant
Fleuve Saint-Laurent
Québec
Waaseyaa
Memphré
Lac Memphrémagog

Pembroke, Ontario, Canada
Le mercredi soir du 7 août 2126

Un grand-père algonquin campe avec ses petits-enfants...

Mes chers petits-enfants, venez vous asseoir avec moi sous les étoiles et vous réchauffer autour du feu, car j'ai une histoire à raconter. C'est un récit qui m'a été transmis par mes grands-parents, qui l'ont reçu de leurs grands-parents, qui l'ont eux aussi reçu de leurs grands-parents.

L'histoire commence comme suit :

C'était le moment qui précédait tous les autres moments, et le rêve qui précédait tous les autres rêves. Le Créateur avait dansé, créant ainsi un Monde magnifique pour que son Peuple vive en paix, en harmonie et entouré d'amour.

Mais avant qu'un Humain ne foule le sol, le Créateur a fait appel à une famille d'êtres qui seraient les Grands Frères et les Grandes Sœurs des Humains. Le Créateur a donné à chacun un don à utiliser pour aider les Humains.

Les premiers Aînés à être créés étaient Waaseyaa le Géant, dont le nom signifie « Première lumière du jour », et son frère, Mikcheech la Tortue. Ce sont les Frères Aînés de tous les Aînés qui ont suivi.

En tant que frère aîné, Waaseyaa avait reçu le don de la sagesse pour qu'il puisse aider ses frères et sœurs plus jeunes. Il a également reçu une partie du pouvoir du Créateur de donner vie à des êtres vivants.

Lorsque le petit frère de Waaseyaa, Mikcheech, est né, le Créateur l'a embrassé et lui a attribué un don. Le don de Mikcheech est de voir la danse du Créateur qui a amené un être à la vie quand il le rencontre. La danse de chaque être est différente et, en la voyant, Mikcheech peut voir les talents et les dons qui rendent cet être unique.

Saviez-vous tout cela avant que nous nous réunissions ce soir?
Pensez à quel point c'est merveilleux : au moment de votre
naissance, le Créateur a dansé joyeusement, une danse unique et
différente pour chacun d'entre vous. Mikcheech peut voir cette
danse s'il vous rencontre. C'est son don.

Ensuite, le Créateur a mis au monde les petites sœurs de Waaseyaa et Mikcheech. D'abord, il y a eu leur sœur Wenona l'Orque. Son nom signifie Fille aînée et son don est d'être la protectrice attitrée des mères.

Ensuite est venue leur sœur Namid le Harfang des neiges. Son nom signifie Étoile dansante et son don est la capacité d'apporter le pouvoir des étoiles jusqu'à la Terre pour protéger les gens de la magie maléfique et de la malice.

Namid a été suivie de Bawaajige l'Ourse polaire; son nom signifie Rêves. Le Créateur lui a donné le contrôle des rêves humains. Vous êtes-vous déjà réveillé d'un rêve en vous souvenant de la chaleur et du bonheur d'un endroit magique provenant de votre lointaine imagination? Peut-être vous souvenez-vous d'un rêve qui vous a donné du courage et de l'inspiration? Ces rêves sont des cadeaux de Bawaajige.

Les frères cadets étaient Shkaabewis le Caribou, connu comme l'Assistant des guérisseurs, et Animkii l'Aigle à tête blanche. Comme son nom qui signifie Tonnerre l'indique, il apporte la pluie, le tonnerre et les éclairs dans le ciel.

Waaseyaa, ainsi que ses trois frères cadets et ses trois sœurs cadettes, étaient connus comme les Êtres Aînés, puisqu'ils sont apparus avant tous les autres êtres vivants.

Après les Êtres Aînés, le Créateur a mis au monde d'autres créatures mystérieuses, comme les géants, maîtres des montagnes, et les monstres magiques des lacs, qui gardent les grands lacs du Monde.

Ensuite, le Créateur a mis au monde les animaux; les poissons, les oiseaux et tous les êtres vivants qui nous entourent. Finalement, voyant la bonté du Monde, le Créateur a créé les Humains.

Le Créateur voyait que les Humains ne savaient pas comment fabriquer les objets dont ils avaient besoin pour vivre, et qu'ils ne savaient pas comment vivre en paix les uns avec les autres.

Donc, comme acte d'amour envers eux, le Créateur a demandé à Waaseyaa et ses frères et sœurs de trouver les Humains et de leur apprendre ce qu'il fallait pour être heureux.

Suivant l'ordre du Créateur, les Êtres Aînés ont couru à la recherche des Humains disséminés dans le Monde. Pendant qu'ils couraient, Waaseyaa pouvait voir que son frère cadet, Mikcheech la Tortue, ne pouvait suivre les autres. Qu'a-t-il fait? Il s'est arrêté, s'est retourné, et a pris Mikcheech pour le mettre sur son épaule.

GRAHAM
CRACKER

Pourquoi est-ce que Waaseyaa a attendu son frère cadet Mikcheech? Parce que c'est ce que font les frères aînés pour leurs cadets. Ce fut la première leçon enseignée aux Humains par l'exemple.

Voyant qu'ils ne pouvaient rattraper leurs frères et sœurs, qui étaient désormais loin devant, Waaseyaa et Mikcheech décidèrent de suivre leur propre chemin pour explorer le Monde et trouver des Humains à aider.

C'était il y a si longtemps, la Grande Glace qui couvrait le territoire avait tout juste commencé à se replier vers le nord.

Quelques jours plus tard, les frères arrivèrent dans un village qui, bien des années plus tard, s'appellerait Trois-Rivières. Dans cet ancien village, ils ont découvert qu'un Être Aîné dénommé Lugubre tourmentait les Humains.

Qui était cette Lugubre, vous vous demandez peut-être? C'était une Aînée et fille du Créateur. Toutefois, avant de poursuivre l'histoire, je dois vous révéler quelque chose d'important. Ce que vous devez savoir est que le Créateur a donné à tous ses enfants le don du libre arbitre. Cela signifie qu'ils peuvent choisir de servir et d'aimer les Humains et le Créateur, ou pas. Il est effrayant que les êtres vivants puissent choisir la méchanceté et le malheur de leur propre gré. C'est le don le plus puissant et le plus dangereux des dons du Créateur, parce qu'il est facile à utiliser à mauvais escient.

Lugubre est devenue jalouse lorsqu'elle a vu combien le Créateur aimait les Humains, même si le Créateur l'aimait aussi. Elle avait du ressentiment parce que le Créateur lui avait demandé de servir les Humains, qu'elle considérait inférieurs. Orgueilleuse, elle pensait être la meilleure de tous les enfants du Créateur et voulait que tout le monde lui obéisse. Malheureusement, son choix de se détourner de l'amour du Créateur l'avait rendue colérique et malheureuse.

Lorsqu'elle trouva des Humains, elle décida de leur enseigner l'égoïsme, la méchanceté et la destruction du magnifique Monde que le Créateur leur avait donné. Pourquoi? Parce qu'elle croyait que si les Humains vivaient dans la peur et la colère, ils lui seraient asservis. Mais par-dessous tout, Lugubre voulait que les Humains soient aussi misérables qu'elle.

Waaseyaa et Mikcheech confrontèrent Lugubre; ils lui dirent qu'elle n'enseignait pas les façons de faire du Créateur. Lugubre avança que puisque les Humains l'écoutaient de leur propre gré, elle avait le droit d'être là.

Les frères répondirent que les Humains ne comprenaient pas qui elle était, et qu'ils devaient être libres de choisir qui suivre. Ils lui dirent qu'elle pouvait partir d'elle-même, ou alors ils la chasseraient du village.

Lugubre envisagea défier Waaseyaa et Mikcheech, mais elle pouvait voir le pouvoir de leur sagesse et de l'amour dans leur cœur. Ce pouvoir lui faisait peur, la rendait confuse. Puisqu'elle était une intimidatrice et que tous les intimidateurs sont des lâches devant la force, elle s'enfuit.

Lugubre partie, Waaseyaa et Mikcheech se tournèrent vers les Humains. Ils voyaient qu'ils ne savaient pas comment vivre. Ainsi, les deux Aînés décidèrent de rester, de les aider et de leur enseigner.

Waaseyaa leur apprit comment construire des maisons longues et faire des feux pour se réchauffer.

21

Mikcheech apprit aux Humains à être gentils et à vivre en paix les uns avec les autres. Il leur apprit aussi la médecine pour qu'ils puissent se guérir, et leur a donné trois contes à transmettre aux générations futures.

Peut-être que l'histoire que je vous raconte a été racontée pour la première fois par Mikcheech autour d'un feu de camp, tout comme celle-ci.

Même si Waaseyaa et Mikcheech avaient chassé Lugubre, elle regardait le village de loin avec jalousie et planifiait sa revanche.

D'un ample mouvement de bras, Lugubre façonna des géants de glace faits de pierres, de glace et de bois. Leurs angles étaient pointus, et à travers la glace transparente, on pouvait voir les bûches, la boue et les rochers qui avaient donné à leurs corps une forme et de la force.

Comment avait-elle pu créer ces géants de glace, me demandez-vous? Souvenez-vous des dons offerts par le Créateur à ses enfants pour servir les Humains. Lugubre en avait reçu un aussi. Elle pouvait façonner des œuvres d'art magnifiques à partir de roches, de boue, de bois et de glace. Son don devait lui permettre d'aider les Humains et de leur enseigner.

Même si elle s'était détournée du Créateur, elle détenait encore son don, car le Créateur ne reprend pas les dons qu'il distribue à ses enfants, même s'ils en font mauvais usage.

Mais parce que le cœur de Lugubre s'était détourné du Créateur, son don s'était transformé, tordu. Désormais, elle ne pouvait que créer des choses laides et destructrices, comme les géants de glace froids et sans âme, qui marchaient implacablement vers le village. Lugubre voulait utiliser les géants de glace pour faire peur aux Humains et les punir de leur désobéissance envers elle.

Les Humains s'enfuirent, en proie à la terreur, mais Mikcheech resta vaillamment en place pour faire face aux créatures tandis que Waaseyaa trouva une bûche à utiliser comme bâton et se prépara à contre-attaquer.

Les géants de glace volèrent en éclats sous les coups de Waaseyaa tandis que Mikcheech se tint fermement devant les Humains pour les protéger et leur insuffler du courage. Après une bataille durement livrée, les géants de glace en mille morceaux commencèrent à fondre.

Deux des géants de glace fondus devinrent le grand fleuve que les Humains appellent Magtogoek. Les Français l'appellent le fleuve Saint-Laurent.

Un troisième se transforma en étang où Mikcheech s'établit. Le nez du géant de glace se retrouva au centre de l'étang sous forme de grosse roche.

Dans les années qui suivirent, Mikcheech eut du plaisir à dormir sur la roche tout en se prélassant sous les rayons du Grand-Père Soleil. Cela le rendait aussi heureux de savoir qu'en s'assoyant sur cette roche, il posait ses fesses de tortue sur le visage fondu d'un des combatifs géants de glace de Lugubre.

Lugubre ne pardonna jamais l'insulte de voir Waaseyaa et Mikcheech l'emporter contre ses géants de glace. Elle regarda avec frustration et rage les Humains commencer à vivre en paix en suivant les enseignements de Waaseyaa et de Mikcheech.

Lugubre les haïssait pour s'être ligués contre elle, mais elle était patiente. Elle avait la conviction que les Humains oublieraient éventuellement les idées de Waaseyaa et Mikcheech, et qu'ils seraient de nouveau vulnérables à ses idées malfaisantes. En réalité, elle revient des milliers d'années plus tard pour tenter de détruire les Humains de Trois-Rivières en guise de revanche. Mais ça, c'est une histoire pour un autre soir, autour d'un autre feu de camp.

Après avoir défait les géants de glace, Waaseyaa et son frère
Mikcheech restèrent plusieurs années avec les Humains de Trois-
Rivières pour leur enseigner et les aider.

Toutefois, Waaseyaa, se rappelant que le Créateur souhaitait qu'ils
aident d'autres Humains aussi, décida que Mikcheech et lui allaient
continuer leur chemin dans le Monde.

Les Humains, toutefois, se sentirent tristes et anxieux lorsqu'ils
réalisèrent que Waaseyaa et son frère Mikcheech allaient les laisser,
et ils les supplièrent de rester. Au même moment, Mikcheech
commença à voir les Humains comme ses enfants, et il demanda à
son frère de rester avec eux. À contrecœur, Waaseyaa accepta que
Mikcheech reste, et dit au revoir à son frère, qui allait
beaucoup lui manquer.

Seul pour la première fois de sa vie, Waaseyaa se mit à chercher d'autres Humains pour les aider et leur enseigner. Il s'ennuyait de son frère Mikcheech, tout comme de ses autres frères et sœurs, qu'il n'avait pas vus depuis le commencement du Monde. Il se demandait s'ils avaient été capables de trouver des Humains et de leur aider, et il espérait qu'ils se portaient bien. Mais il ne savait pas où ils étaient ou comment les trouver.

Waaseyaa décida de marcher vers le sud le long de la rive ouest du fleuve Magtogoek, lequel, comme je l'ai mentionné, avait été formé par la fonte de deux géants de glace. Peut-être, Waaseyaa pensa, qu'il pourrait trouver d'autres Humains à aider, ou un de ses frères et sœurs perdus.

Après trois nuits et quatre jours, Waaseyaa trouva une île sur lequel était établi un village : Tiohtià:ke. Les Humains du village étaient heureux de voir Waaseyaa, mais ils demandèrent immédiatement son aide pour secourir une petite fille qui était prise dans une cave étroite.

Waaseyaa était heureux d'avoir l'occasion de servir et il se pencha pour voir s'il pouvait entrer dans la cave et sauver l'enfant.

34

Waaseyaa se rendit compte qu'il était trop gros pour entrer dans la cave et qu'il faisait trop sombre pour voir la fille perdue. Il se dit que s'il avait de l'aide, une personne pourrait être assez petite pour entrer dans la cave et secourir la petite fille.

Waaseyaa se rappela que le Créateur lui avait offert son propre pouvoir de créer d'autres êtres vivants. Il décida de prier le Créateur pour pouvoir créer ses propres enfants qui l'aideraient à libérer la fillette perdue.

Le Créateur, voyant que Waaseyaa se trouvait séparé de ses frères et sœurs et qu'il avait besoin d'aide pour secourir la fillette, décida qu'il était temps pour lui d'utiliser son don pour se créer une famille. Le Créateur expliqua donc à Waaseyaa qu'il pouvait désormais créer ses propres enfants à partir de ce qui l'entourait.

Waaseyaa examina les alentours pour trouver un objet à partir duquel créer son premier enfant, et il trouva une bûche qui traînait sur le sol. Il la souleva, la tourna et créa sa première fille, Wowkwis la Renarde.

Ensuite, il ramassa un morceau d'écorce et le lança dans les airs vers Grand-père Soleil. Dans le ciel, Grand-père Soleil brûla l'écorce qui devint noir charbon. L'écorce brûlée se transforma en son fils aîné, Wiskijan le Corbeau.

Waaseyaa et ses enfants retournèrent vers les Humains et offrirent leur aide. Voyant que sa fille Wowkwis la Renarde était assez petite pour s'insérer dans l'ouverture étroite de la cave, Waaseyaa lui demanda d'y aller et de trouver la fillette. Pendant ce temps, Wiskijan le Corbeau vola au-dessus de la cave pour chercher une autre sortie afin que les Humains puissent atteindre la fillette perdue.

La cave était sombre et effrayante, mais Wowkwis la Renarde était brave, et elle rampa plus profondément dans la cave. Enfin, elle vit la fillette, recroquevillée et sanglotante.

Wowkwis la Renarde rassura la fillette, lui dit qu'elle était en sécurité, puis envoya un signal à son frère Wiskijan le Corbeau. Ensuite, il guida les Humains pour qu'ils lancent une corde jusqu'à la fillette perdue et la tirent vers la sortie. Waaseyaa, Wowkwis et Wiskijan retournèrent ensuite la fillette à ses parents, reconnaissants.

Le Créateur récompensa Wowkwis la Renarde et son frère Wiskijan le Corbeau pour leur bravoure. À partir de ce jour, ils aidèrent Père Waaseyaa en tant que Sœur aînée et Frère aîné des humains.

Mont-St-Hilaire
Les Créateurs
Les frères & Sœurs
De Waaseyaa & Mikcheech
Mont-Orford
Lac Magog
Bolton Centre
Mont Sutton
Lac Memphrémagog
Mikcheech
Le Géant de Montagne Tremblant
Fleuve Saint-Laurent
Québec
Waaseyaa
Memphré
Lac Memphrémagog

Durant cette période, Waaseyaa passait de longs moments à se demander ce qui était arrivé à ses sœurs Wenona l'Orque, Namid le Harfeng des neiges et Bawaajige l'Ourse polaire, et ses frères Shkaabewis le Caribou et Animkii l'Aigle à tête blanche.

Par nuits claires, Waaseyaa portait son regard vers le firmament et s'émerveillait des étoiles.

Waaseyaa s'inquiétait aussi pour son frère Mikcheech et priait le Créateur pour qu'il reste sain et sauf en cas de retour de Lugubre.

Ces pensées l'amenèrent à décider qu'il ne pouvait rester plus longtemps avec les Humains de l'île, mais qu'il devait continuer de parcourir le Monde dans l'espoir de trouver ses frères et sœurs perdus.

Ainsi, après avoir passé de nombreuses années avec le peuple de
l'île, Waaseyaa le Géant, sa fille Wowkwis la Renarde et son fils
Wiskijan le Corbeau traversèrent le grand fleuve et
se dirigèrent vers l'est.

En cheminant vers l'est, ils passèrent une vaste plaine entourée
de montagnes éparses, tels des géants endormis sur le sol.

Waaseyaa était curieux à propos des géants de montagne, car
jusqu'à maintenant, il pensait être le seul géant dans le Monde.
Il essaya de leur parler et demanda si ses frères et sœurs étaient
passés par là. Toutefois, le sommeil des géants était trop profond
pour qu'ils se réveillent et lui répondent. Ainsi, Waaseyaa et ses
enfants continuèrent leur chemin.

Après deux nuits et trois jours, ils arrivèrent à un village sur la rive du lac Memphrémagog, au pied du mont Orford. Waaseyaa et ses enfants pouvaient voir que les Humains s'étaient construit des maisons. Toutefois, il n'y avait pas de géant à qui parler et ses frères et sœurs n'étaient pas en vue.

Un aîné du village les approcha.

« Bienvenue, Frère aîné, déclara-t-il à Waaseyaa. Nous savons que le Créateur t'a envoyé pour nous aider et nous enseigner. »

Waaseyaa remarqua que l'homme était mince et frêle.

« Nous partagerons ce que nous avons, continua-t-il, bien que nous possédions peu. »

Waaseyaa balaya le village du regard et remarqua que les villageois étaient aussi amorphes que l'aîné.

« Est-ce qu'un de mes frères et sœurs est venu ici vous aider? » demanda Waaseyaa.

« Non, répondit une femme âgée, personne n'est venu ici à part vous. Nous avons besoin de nourriture, mais aucun des Êtres Aînés n'est venu nous visiter et nous a montré comment nous nourrir. »

« Nous nous sentons oubliés, dit un autre. Allez-vous nous aider? Est-ce pour cette raison que vous êtes venu? »

« Nous allons vous aider! » répondit Waaseyaa.

Waaseyaa parcourut le village du regard et vit que c'était vrai. Les Humains ne savaient pas comment trouver de la nourriture parce qu'aucun de ses frères et sœurs ne leur avait appris. Peut-être, se dit Waaseyaa, qu'il pourrait créer deux nouveaux assistants habiles pour trouver de la nourriture et qui pourraient en retour enseigner leurs astuces aux Humains.

Après avoir prié le Créateur, Waaseyaa trouva deux gros rochers sur le rivage du lac Memphrémagog. Il plaça ses mains sur les rochers, qui commencèrent à bouger et à prendre vie à son toucher. L'un des rochers se transforma en ours que Waaseyaa appela Muin, et l'autre rocher devint le raton laveur dénommé Azeban.

Pourquoi est-ce que Waaseyaa créa un ours et un raton laveur? Parce qu'ils ont toujours faim, et qu'ils sont rusés quand vient le temps de chercher de la nourriture.

53

Voyant que les Humains avaient faim, Muin sauta dans le lac Memphrémagog pour attraper des poissons tandis qu'Azeban cueillit de délicieuses baies sur la rive du lac.

Les Humains observèrent Muin et Azeban avec attention. Puis, suivant leur exemple, ils sautèrent dans le lac pour attraper des poissons et aidèrent Azeban à cueillir des petits fruits.

Le lac, toutefois, abritait Memphré, le Monstre du lac.

Vous souvenez-vous quand je vous ai dit que le Créateur, après avoir créé Waaseyaa et ses frères et sœurs, créa les géants qui vivaient dans les montagnes et les monstres de lac qui gardaient les lacs? Eh bien, Memphré est la sœur ainée de tous les monstres de lac. Elle est longue comme vingt canots, et sa tête peut atteindre un séquoia lorsqu'elle émerge de l'eau. Sa bouche peut avaler trois de mes bateaux de pêche. En outre, elle a d'autres sœurs qui gardent leur propre lac. Les voici :

Ogopogo, qui vit dans le lac Okanagan en Colombie-Britannique.

Seelkee, qui a fait maison dans les marécages de Chilliwack, aussi en Colombie-Britannique.

Ensuite vient Manipogo, qui garde le lac Manitoba au Manitoba.

Dans le lac Supérieur vit la sœur de Memphré, Mishipeshu.

Champ, la plus jeune de la sororité des monstres de lac, vit dans le lac Champlain, qui est partagé entre l'État de New York, le Vermont et Québec.

Alors, seriez-vous effrayé par une telle bête émergeant des flots?
Je sais que moi oui, et comme moi, les Humains ont eu très peur de
Memphré car ils n'avaient jamais vu une créature
comme elle auparavant.

« Devons-nous mourir de faim seulement pour être avalés par
cette bête effrayante? » crièrent-ils en essayant de se cacher
derrière Waaseyaa.

Toutefois, en tant qu'Être Aîné elle-même, Memphré le Monstre du
lac avait de la compassion pour les Humains. Inspirée par les efforts
de Muin, elle leur offrit des poissons qu'elle avait capturés avec sa
grande bouche. Il y avait désormais assez de poisson pour eux tous,
et personne ne souffrait plus de la faim.

Elle demanda seulement en retour que les Humains lui permettent
de vivre en paix dans le lac Memphrémagog, au
pied du mont Orford.

Le Créateur récompensa Muin et Azeban pour leur habileté et leur
ingéniosité. Grâce à leur exemple, les Humains avaient appris à
trouver de la nourriture par eux-mêmes.

Les Humains ont aussi remercié Memphré le Monstre du lac pour
sa générosité. Elle leur avait donné assez de poisson pour assouvir
leur faim.

Muin et Azeban joignirent donc leur sœur Wowkwis la Renarde
et leur frère Wiskijan le Corbeau comme assistants de leur
père, Waaseyaa.

Une fois Muin et Azeban récompensés, Waaseyaa se tourna vers Memphré. Il était heureux de rencontrer une autre Aînée et la voir lui rappelait combien il s'ennuyait de ses frères et sœurs. Waaseyaa espérait que les Humains maintenant repus, elle pourrait l'aider à retrouver ses frères et sœurs perdus.

Waaseyaa remercia Memphré d'avoir aidé les Humains, puis il lui décrivit ses frères et sœurs et expliqua comment Mikcheech et lui avaient dû se séparer peu après la création du Monde. Enfin, il demanda à Memphré si elle les avait vus, ou si elle pourrait au moins l'orienter sur leur localisation.

Elle dit qu'elle ne savait pas, mais que loin au nord, il y avait une Montagne tremblante sacrée pour les Humains qui y vivaient. Au sommet de la montagne sacrée, expliqua Memphré, vivait un géant encore plus grand que Waaseyaa. Du haut de sa montagne, le géant pouvait voir le monde entier. Peut-être qu'il avait vu les frères et sœurs perdus de Waaseyaa et lui dire où il pourrait les trouver.

Waaseyaa voulait rencontrer ce géant de montagne et lui demander s'il avait vu ses frères et sœurs. Ainsi, avec ses enfants, il prit la route vers le nord, vers la Montagne tremblante.

Après avoir marché pendant autant de jours que de Lunes dans son cycle, Waaseyaa et ses enfants arrivèrent au village au pied de la Montagne tremblante.

Les gens du village dirent que le géant faisait parfois trembler sa montagne pour rappeler aux Humains qu'il les surveillait pour s'assurer qu'ils se comportaient bien.

En apercevant Waaseyaa, le géant de la Montagne tremblante fit trembler son mont en guise de salutation. Toutefois, le tremblement fit tomber un énorme arbre sur une maison longue du village, emprisonnant une famille à l'intérieur.

Waaseyaa pouvait voir les Humains tenter de déplacer l'arbre pour libérer la famille. Il se rendit compte qu'il pouvait créer d'autres assistants qui pourraient les aider grâce à leur force et à leur détermination.

Après avoir prié le Créateur, Waaseyaa prit une branche d'un arbre avoisinant et créa son plus jeune fils, Puku'kowij l'Orignal. Puis, Waaseyaa pointa l'arbre tombé qui avait emprisonné la famille, et demanda à Puku'kowij d'aider les Humains à le déplacer.

Faisant appel à sa force extraordinaire, Puku'kowij l'Orignal tira l'arbre du dessus de la maison longue, libérant ainsi la famille.

Le Créateur récompensa Puku'kowij pour sa force et sa détermination. Il rejoignit ainsi ses frères aînés Wiskijan, Muin et Azeban, et sa sœur aînée Wowkwis en tant qu'assistants de leur père, Waaseyaa le Géant.

Maintenant que la famille avait été sauvée, Waaseyaa voulait grimper la Montagne tremblante et demander au géant s'il avait vu ses frères et sœurs. Mais avant que Waaseyaa puisse commencer son périple, le géant leva un bras et pointa une direction derrière Waaseyaa.

Juste au moment où Waaseyaa se tourna pour voir ce que le géant pointait, il entendit avec surprise quelqu'un l'appeler par son nom.

« Waaseyaa! Nous vous avons cherchés, Mikcheech et toi, depuis que nous vous avons perdu au commencement du Monde. »

La voix lui semblait familière, mais cela faisait si longtemps, était-ce possible?

Waaseyaa aperçut un éclair blanc provenant de la forêt.

Oui! C'était sa sœur Namid le Harfang des neiges qui l'appelait. Le frère et la sœur longtemps perdus de vue s'enlacèrent.

Namid pointa une aile vers la forêt. « Regarde, Waaseyaa, j'ai amené tout le monde avec moi! »

Waaseyaa regarda vers la forêt, et fut tout émerveillé et guilleret de voir ses frères et sœurs longtemps perdus qui en émergeaient.

D'abord, il y avait sa sœur Bawaajige l'Ourse polaire, puis ses frères Shkaabewis le Caribou et Animkii l'Aigle à tête blanche.

En comptant ses frères et sœurs, il s'attrista de voir que sa sœur Wenona l'Orque était absente.

« Où est Wenona? demanda-t-il. Est-ce qu'elle va bien? J'aurais aimé que Mikcheech soit là pour vous voir. »

Comme en guise de réponse, Waaseyaa vit une grande ombre passer au-dessus de sa tête. En regardant vers le haut, il vit Mikcheech le saluer, perché sur le dos de Wenona.

« Regarde qui j'ai trouvé, mon frère! » cria Mikcheech en le survolant.

Voyant que tout le monde était enfin réuni, Waaseyaa présenta ses enfants à ses frères et sœurs.

Waaseyaa demanda à son frère Animkii « Comment avez-vous su me retrouver? Je vous ai cherché partout. »

Animkii raconta que pendant que Waaseyaa les cherchait, eux-mêmes cherchaient Waaseyaa et Mikcheech. Eux aussi avaient entendu parler du géant qui vivait au sommet de la Montagne tremblante, et on leur dit que du haut de cette montagne, ils pourraient voir le monde entier. Ils étaient arrivés quelques jours plus tôt pour rencontrer le géant et lui demander s'il avait vu Waaseyaa et Mikcheech, et s'il pouvait les aider à trouver leurs frères perdus.

Le géant de la montagne leur dit qu'il pouvait voir Mikcheech vivre avec les Habitants du village au sud-est, et Waaseyaa traverser le grand fleuve Magtogoek au sud et marcher vers la Montagne tremblante. Le géant dit que tout le monde était bienvenu sur la montagne pour attendre Waaseyaa, et Wenona se porta volontaire pour trouver Mikcheech.

Après avoir remercié le géant de la montagne, Wenona s'envola
pour Trois-Rivières et trouva Mikcheech exactement là où le
géant avait dit qu'il serait. Elle ramena Mikcheech à la Montagne
tremblante pour rejoindre Namid, Bawaajige, Shkaabewis et
Animkii et attendre Waaseyaa.

Maintenant que Waaseyaa était finalement arrivé avec ses enfants,
ses frères et sœurs s'avancèrent pour le rencontrer.

Les Humains étaient aussi heureux pour Waaseyaa et sa famille;
ensemble, ils célébrèrent le bonheur des retrouvailles.

Le Créateur était également satisfait de Mikcheech, Memphré, Waaseyaa et ses enfants, qui avaient utilisé différentes leçons pour apprendre aux Humains comment vivre de la manière attendue du Créateur.

Waaseyaa avait montré aux Humains comment être sages et construire des choses comme des maisons et des feux pour se tenir au chaud.

Mickheech avait montré aux Humains la gentillesse et leur avait offert des récits à raconter à leurs petits-enfants.

Wowkwis la Renarde et Wiskijan le Corbeau avaient montré la bravoure.

Muin l'Ours et Azeban le Raton laveur étaient intelligents et pleins de ressources.

Memphré le Monstre du lac avait donné aux Humains un exemple de générosité.

Puku'kowij l'Orignal avait fait preuve de force et de détermination pour persévérer face au danger.

Vous feriez mieux, mes petits-enfants, de suivre leurs enseignements et de raconter leurs histoires à vos petits-enfants, comme je le fais avec vous.

Par la suite, Waaseyaa le Géant et ses enfants Wowkwis, Wiskijan, Muin, Azeban et Puku'kowij retournèrent au Mont Orford et s'y établirent. Ils visitaient souvent Mikcheech la Tortue à son étang de Trois-Rivières, ou leurs oncles et tantes, Aînés des Territoires du Nord.

Même si Mikcheech partait occasionnellement en aventure avec sa nièce et ses neveux près du Mont Orford, il retournait toujours dans son étang de Trois-Rivières. Mikcheech adorait les Humains de Trois-Rivières, qu'il considérait comme ses enfants.

De tous ses enfants de Trois-Rivières, son amie la plus chère était une jeune fille algonquine nommée Miteouamigoukou, que Mikcheech avait rebaptisée Petite Espiègle. Qui était Miteouamigoukou, me demandez-vous? Eh bien, c'est mon ancienne grand-mère, ce qui signifie que c'est la vôtre aussi. A-t-elle vécu des aventures magiques? Oh que oui!

Mais ceci est une histoire pour un autre soir, autour d'un autre feu de camp.

Mont-St-Hilaire
Les Créateurs
Mont-Orford
Lac Magog
Les frères & Sœurs
Bolton Centre
De Waaseyaa & Mikcheech
Mont Sotton
Lac Memphrémagog
Mikcheech
Le Géant de Montagne Tremblant
Fleuve Saint-Laurent
Québec
Waaseyaa
Memphré
Lac Memphrémagog

Mont Orford, Québec

5 mars, 2064

OJIBWE
SKI RESORT
CoCoa
Petit...$
Moyen...$
Grand...$

Déclaration de l'artiste
Par Natasha Pelley-Smith

Vu le succès des volumes 1 et 2 de la série *L'Arbre de l'ancienne grand-mère*, il est extrêmement touchant de voir le soutien et le plaisir que les livres ont suscité chez les lecteurs partout dans le monde. C'est pourquoi j'ai été si enthousiaste de continuer cette aventure avec l'auteur et cocréateur Joseph Bolton pour ce nouveau récit indépendant : *La danse de la création*.

Pour ce livre, je suis restée fidèle au style artistique qui a façonné la série, tout en illustrant à l'ordinateur un nouveau chapitre magique – un chapitre qui révèle les origines des animaux farceurs bien-aimés et du folklore introduits dans les deux premiers volumes.

Donner vie à cette histoire a été une aventure créative en soi. J'ai continué à m'inspirer de la narration dynamique de Joe, du scénarimage de l'artiste Masami, de ma propre relation personnelle avec la nature et de rencontres réelles avec certains de ces animaux. Ensemble, ces influences ont formé le rythme visuel de ce récit originel.

J'espère que les lecteurs et lectrices auront le même sentiment d'émerveillement et de spiritualité qui m'ont guidée durant le processus de création. C'est un grand plaisir de partager *La danse de la création*; je vous invite donc encore une fois dans le monde de *L'Arbre de l'ancienne grand-mère*.

*Au sommet du mont Orford, au Québec,
pour observer l'éclipse totale d'avril 2024.*

À propos de l'auteur

Joseph Bolton est né à Pawtucket, au Rhode Island, vers la fin de l'âge d'or de la culture canadienne-française en Nouvelle-Angleterre. Enfant, entouré de la famille canadienne-française de sa mère, Joseph a du plaisir à écouter les histoires de ses grands-parents et grands-tantes à propos d'un lieu mystérieux et magique appelé Québec, désigné aussi comme « l'endroit d'où on vient ».

Ses études secondaires terminées, Joseph, mû par une nature aventureuse, s'enrôle dans l'armée américaine où il sert comme parachutiste dans l'armée de l'air, sautant d'avions parfaitement fonctionnels au grand désespoir de sa mère.

Bien qu'au départ, son intention était de rester dans l'armée seulement deux ans, il est finalement affecté à l'académie militaire américaine à West Point, et après l'obtention de son diplôme en 1989, il décide de poursuivre une carrière militaire. Ensuite, Joseph obtient son diplôme de l'Army's Ranger Training School, un cours de leadership de combat exigeant et exténuant physiquement. Au cours des 18 années suivantes, il sert dans l'armée, occupant des postes variés aux responsabilités de plus en plus importantes et culminant par une tournée de combat en Afghanistan en tant que l'un des deux officiers des opérations spatiales au sein de la 10e Division de montagne de l'armée américaine.

Depuis sa retraite de l'armée, Joseph occupe divers postes de gestionnaire de projet en tant que fournisseur civil pour l'armée de l'air américaine. Pour écrire L'Arbre de l'ancienne grand-mère, Joseph prend une année sabbatique de l'armée de l'air et enseigne les mathématiques à de jeunes élèves pendant un semestre à la Holy Family Academy à Gardner, au Massachusetts. Cette expérience a été pour lui l'emploi le plus épanouissant qu'il ait occupé et il espère retourner enseigner à temps plein dans un avenir rapproché.

Bolton est de descendance canadienne-française, autochtone, espagnole, anglaise et irlandaise, et est profondément inspiré par les récits de ses ancêtres. Il vit avec sa femme au Massachusetts, et dans son temps libre, il aime faire de la randonnée et du ski dans les paysages du Québec et de la Nouvelle-Angleterre. Ses endroits favoris pour ses aventures de plein air sont les montagnes Berkshire au Massachusetts et le Mont-Orford au Québec. Lorsqu'il n'est pas en train d'écrire, de randonner ou de skier, Joseph aime lire sur la science, l'histoire, la philosophie, les mathématiques et les mythologies du monde.

Visitez son site web pour suivre les mises à jour concernant le Volume 4 à venir de *L'arbre de l'ancienne grand-mère*:

larbredelanciennegrandmere.com

À propos de l'artiste

Née à Toronto, au Canada, Natasha Pelley-Smith est une artiste professionnelle ayant obtenu son diplôme en 2017 de la prestigieuse académie des beaux-arts Écohlcité en France (désormais intégrée à l'École Émile Cohl de Lyon). Sa pratique artistique multidisciplinaire s'étend des murales à grande échelle à l'illustration de livres. Elle crée également des tableaux expressifs à la peinture à l'huile, à l'acrylique ou en utilisant une technique mixte, preuve de sa polyvalence et de son ancrage créatif solide.

Son travail est infusé de l'esprit de ses racines autochtones, jamaïcaines et terre-neuviennes, ainsi que des influences culturelles acquises au cours de sa vie, de ses études et de ses voyages. Désormais de retour au Canada, elle continue d'offrir d'importantes contributions au monde de l'art grâce à des projets résidentiels, commerciaux et municipaux tout en continuant ses projets personnels et collaboratifs en illustration.

À l'heure actuelle, Natasha est toujours plongée dans les illustrations de la série *L'Arbre de l'ancienne grand-mère*, donnant vie à chaque page avec soin et imagination. Pour découvrir ses autres œuvres, consultez le site : welcome.natashapsartwork.ca

À propos de la scénarimagiste

Masami F. Kiyono est une illustratrice et scénarimagiste américano-japonaise ayant travaillé sur divers projets, comme des livres pour enfants et des publicités du Super Bowl. Un de ses derniers projets est la création d'illustrations pour un documentaire intitulé *Voices of Deoli* (2024), qui raconte l'histoire des 3000 Sino-indiens emprisonnés dans des camps d'internements après la guerre sino-indienne, et la façon dont les survivants s'épanouissent aujourd'hui.

Dans son temps libre, Masami aime regarder des dessins animés et en apprendre sur le folklore. Ces centres d'intérêts, ainsi que son bagage culturel, influencent son travail, qui contient souvent de la fantaisie sombre et un peu d'humour.

Dans ce troisième volume de la série *L'Arbre de l'ancienne grand-mère*, Masami et Joseph ont une fois de plus collaboré pour raconter le récit originel du monde de Miteouamigoukoue.

Les aventures de la famille Meunier commencent.

TOME I

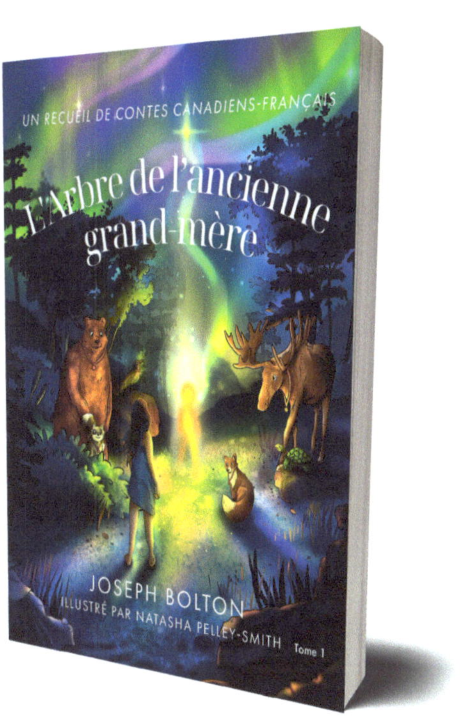

Une histoire de liens familiaux, d'animaux farceurs rusés et d'aventures jamais racontées: *L'Arbre de l'ancienne grand-mère: Un recueil de contes canadiens-français* est une magnifique compilation de contes folkloriques dans le Québec du 17e et du début du 20e siècle.

Durant sa nuit de noces, une jeune femme algonquienne est visitée par l'esprit de son premier mari et des animaux farceurs des légendes autochtones, qui l'encouragent à s'avancer sur une nouvelle voie. C'est ainsi que commence le récit des origines de la famille Meunier et des nombreuses aventures qui surviennent au cours des générations suivantes.

Jumelant des récits richement ficelés et de magnifiques dessins, *L'Arbre de l'ancienne grand-mère* de Joseph Bolton et Natasha Pelley-Smith est un hommage à une histoire inédite qui touchera n'importe quel lecteur.

<h1 style="text-align:center">Les aventures de la famille Meunier continuent.</h1>

<h2 style="text-align:center">TOME II</h2>

Une histoire de liens familiaux, d'animaux farceurs rusés et d'aventures jamais racontées ; le deuxième tome de *L'Arbre de l'ancienne grand-mère: Un recueil de contes canadiens-français* élargit la magnifique compilation de contes folkloriques vue dans le premier tome, dans le Québec du début du 20e siècle.

Un matin glacial d'automne 1902, le bûcheron Jacques LaRue fascine la famille Meunier avec l'étrange histoire d'un mystérieux géant de la forêt habitant les pentes du Mont Orford. Ainsi commence le prochain volet des aventures de la famille Meunier alors qu'ils naviguent dans un monde d'anciens animaux filous et de liens familiaux.

Jumelant des récits richement ficelés et de magnifiques dessins, *L'Arbre de l'ancienne grand-mère* de Joseph Bolton et Natasha Pelley-Smith est un hommage à une histoire inédite qui touchera n'importe quel lecteur.

www.ingramcontent.com/pod-product-compliance
Lightning Source LLC
Chambersburg PA
CBHW041409300726
48978CB00002B/40